Cathy Ytak

Si tu avances

Court toujours

Nathan

Où je vais personne ne va,
personne n'est jamais allé, personne n'ira.
J'y vais seul, le pays est vierge
et il s'efface derrière mes pas.

Jean Giono

1

Elle pensait que l'excitation du voyage l'empêcherait de dormir, mais le ronronnement du moteur et l'allure régulière de l'autocar ont eu raison d'elle. Le jour qui filtre à travers les rideaux la réveille, endolorie, étonnée. Katja peine encore à y croire: elle va retrouver Quentin, enfin. Quentin, le fils du patron de son père, le beau gars qui travaille depuis ses seize ans et sur lequel toutes les filles se retournent... Ils se voient rarement mais se connaissent depuis longtemps, et c'est une conversation, à propos des chantiers de jeunes en été, qui a mis le feu aux poudres.

« Ils refont des murs de pierre sèche, en Provence, comme il y en avait en Slovénie... »

Le père de Katja ne parle presque jamais de son pays d'origine, c'est du passé. Ses deux filles sont nées en France. Mais les murets en pierre sèche, il s'en souvient, bien sûr qu'il s'en souvient ! Quentin, ça l'intéresse aussi, ces techniques-là ; ça change du béton. Ça change du béton et de la famille des maçons des Hauts-de-France qui rêvent peut-être, chacun pour soi, aux murets perdus de leur enfance. Quentin s'enthousiasme : dans ces chantiers, il y a des filles et des garçons qui viennent de partout ! On travaille dehors, sous le soleil... avec ses mains et sa seule force.

Et Katja n'entend que ça : il y a des filles et du soleil.

Alors, s'il y a des filles, il pourrait y avoir... elle !

Lorsqu'elle dit à son père qu'elle aimerait bien faire ce chantier avec Quentin, il est surpris, mais il ne dit pas non. Katja va entrer en première, elle n'est pas encore majeure mais peut décider de ses étés, et puis il la trouve assez robuste. Avec sans doute un peu plus de tissu adipeux que de muscle, mais au moins ce n'est pas une brindille anorexique comme sa sœur. Alors il dit : Pourquoi pas... Si tu y vas avec Quentin... C'est un bon gars. Mais demande à ta mère d'abord.

Pour ça, il faut attendre la bonne semaine d'alternance. Depuis le divorce de ses parents, tout est question d'alternance, pour Katja. Retenir son impatience, mettre une muselière à ses désirs pour ne pas qu'ils la dévorent tout entière.

« C'est un chantier en Provence, maman, il y aura des filles de mon âge, et Quentin... »

Et sa mère dit : Quentin, c'est un bon gars.

Pareil que son père ! Ses parents qui ne sont plus jamais d'accord sur rien ? Même séparés, ils continuent à entretenir une guerre sournoise de petites phrases méchantes, toujours à dire le contraire de l'autre, pour ne jamais se donner raison. Entre les deux, Katja a cessé de compter les points, le match ne l'amuse plus quand c'est à elle de ramasser les balles, et les larmes quand l'un des deux dépasse les bornes, mais... *Quentin, c'est un bon gars...* Comme un ciment d'armistice possible. Et pour ça, Katja est prête à faire le sacrifice. Pour Quentin, d'ailleurs, elle est prête à faire sûrement un peu n'importe quoi. Même partir travailler dur pendant ses vacances d'été à l'autre bout de la France.

Sa mère dit : Si c'est avec Quentin, d'accord. Il prendra soin de toi.

Et dans sa voix, il y a peut-être un rêve de revanche : la fille du maçon avec le fils du patron, ça sonne plutôt bien.

Dans la vie de Katja, c'est une fièvre qui vient, une obsession qui grandit. Quentin prend toute la place de l'écran, et Katja oublie de lire ce qui est écrit en petit, tout en bas du contrat. Lorsqu'il lui conseille d'emporter un bleu de travail, elle va s'en procurer un sans broncher, dans une boutique spécialisée en vêtements ouvriers. Ça n'est pas très seyant, ça la boudine, ça fait rire sa sœur aux éclats, ça la vexe, ça l'inquiète aussi. Il ne faudrait pas que Quentin rigole à son tour.

– Ça va se détendre, assure sa mère, pragmatique.

Et Katja dit oui. Fiévreuse, tellement fiévreuse qu'elle en tombe malade la veille du départ. Quentin part sans elle, et elle pense que tout est fini avant même d'avoir commencé. Mais non, la fièvre, la vraie, tombe vite, et au bout de cinq jours le médecin déclare que le grand air et le soleil du Midi lui feront désormais le plus grand bien.

Le chauffeur de l'autocar annonce au micro la ville de Manosque. Il est sept heures du matin. Après quatorze heures de voyage, elle n'est pas mécontente de pouvoir se dégourdir les jambes.

Un vent en rafales la surprend dès sa descente. Et le ciel. Partout ce ciel d'une couleur intense tirant sur le violet, comme une toile tendue sans un faux pli, sans le moindre nuage. Un ciel dans lequel on se cogne et qui lui fait tourner la tête.

Et c'est peut-être pour ça qu'elle ne voit l'homme venant à sa rencontre qu'au tout dernier moment.

– Vous êtes Katja ? Je suis Amiel. On peut se tutoyer ? Je suis murailler sur le chantier des Pasdombres. Tu as fait bon voyage ?

Pas très grand, environ vingt-cinq ans, un tee-shirt blanc qui laisse entrevoir un corps musclé et noueux. Visage glabre et yeux rieurs d'un bleu profond, séduisant. Il invite Katja à monter dans sa voiture, tandis qu'il met son sac dans le coffre.

– On en a pour deux bonnes heures. Les derniers vingt kilomètres serpentent beaucoup... T'es pas malade en voiture sur les routes de montagne, au moins ?

Katja hoche la tête. Elle n'en sait rien. Elle n'est jamais allée si loin, si haut.

– Tu les passes où, tes étés, d'habitude ?

Elle parle de la mer, à Boulogne. Toujours la mer à Boulogne. Et se mord les lèvres.

Amiel ne dit rien. Du premier coup d'œil, il l'a jaugée sans aménité. Physiquement, elle paraît costaud, mais ses mains sont trop fines pour connaître le travail manuel.

– C'était quoi, ton idée, en venant ici ?

Katja s'affole lorsqu'elle se rend compte qu'un seul mot lui traverse l'esprit : Quentin. Elle grimace et se tait.

Il a capté mais fait semblant que non, et poursuit tranquillement :

– T'as déjà vu des murets en pierre sèche, bien sûr ?

Katja se fige et rougit, toujours silencieuse.

Au départ, il y avait Quentin. L'envie de passer du temps avec Quentin. La pierre sèche... ça aurait pu être tout autre chose : le comptage des blaireaux et des renardes dans une forêt d'Auvergne, ou la mise en bouteille de bordeaux bio dans un chai à Talence. Du moment que Quentin...

Péniblement, elle cherche les mots qui pourraient la sortir de son mutisme.

– C'est... c'est Quentin qui m'a parlé de ce chantier. Mon père travaille avec son père, ils sont maçons... Des murets comme ça, il y en avait quand ils étaient petits, en Slovénie.

– Tu es slovène ? Il y a une fille de Ljubljana dans le groupe !

Katja triture un mouchoir dans sa poche. Elle ne parle pas un mot de slovène et ne connaît rien du pays de ses parents. Souvent, elle se sent de nulle part. Il poursuit :

– On va s'arrêter en cours de route, à Ganagobie. Il y a un beau monastère, mais c'est surtout un cabanon en pierre sèche que je veux te montrer. On appelle ça des bories, par ici. J'ai participé à sa restauration avec James. Chez lui, en Écosse, on les appelle *taigh dubh*, ou *blackhouse*.

– James ?

– Ah oui, c'est mon compagnon ! Il est murailler, comme moi. Il rentre dans quelques jours. Là, il est dans sa famille, près d'Édimbourg.

Katja hoche la tête, elle a compris le message.

À peine hors de la voiture, c'est le choc. Le chant des cigales, d'abord, qu'elle entend pour la première fois, rugueux, vite entêtant. Puis les oliviers, une odeur sucrée, de la lavande peut-être. Les formes lisses et rondes du monastère, et la pierre brute de cette cabane à toit pointu. Pas de ciment ni mortier, pas de liant, rien que des pierres, pas taillées mais ajustées les unes aux autres : la pierre sèche, c'est ça.

Ils repartent en longeant encore un peu le ruban émeraude de la Durance, avant de bifurquer et de s'enfoncer dans la montagne. Amiel l'avait prévenue, la dernière heure de route est éprouvante. Il lui parle du chantier, de la nature sauvage, des précautions à prendre...

Katja n'écoute plus. Rien de ce qu'elle voit autour d'elle ne lui est familier. La route grimpe, tourne, lui met le cœur au bord des lèvres. Elle se concentre sur le but de son voyage : Quentin. Quentin qui se rapproche à chaque lacet, chaque mètre gagné sur l'altitude, dans ce paysage à la fois âpre et grandiose, pétrifié de soleil. Quand soudain se forme dans son cerveau LA question qu'elle ne s'était jamais posée.

Est-ce que Quentin l'attend, elle ?

2

Derrière les fenêtres ouvertes et les moustiquaires, les volets sont tirés. Katja s'allonge sur un couvre-lit en patchwork délavé et contemple dans la pénombre, hébétée, la grande pièce dans laquelle elle se trouve. Un dortoir de quatre lits, autant de commodes et de tables de chevet, séparées par de simples rideaux installés à mi-hauteur sur des tringles en fer forgé. Niveau d'intimité minimale, promiscuité assurée. Toilettes et salle de bains au bout du couloir. Son royaume pour les trois semaines à venir.

Personne pour l'heure, tout le monde est parti travailler.

– Quand tu seras installée, grimpe jusqu'à la maison de Jean-Pascal, le chef du chantier, pour te présenter. C'est chez lui qu'on prend nos repas, et qu'on passe nos soirées. Tu pourras en profiter pour appeler tes parents. On est en zone blanche, ici, y a pas de réseau pour les portables. Si tu te sens assez en forme, tu pourras commencer dès cet après-midi. Il y a deux équipes. Je vais te mettre dans celle de Quentin, il t'aidera à prendre tes marques plus vite.

Derniers mots prononcés par Amiel avant qu'il disparaisse et la laisse seule.

Lorsqu'elle ressort, elle ne sait pas ce qui la fait suffoquer le plus : la chaleur, le bruit presque effrayant des cigales, la lumière aveuglante, ou l'impression d'être seule et livrée à elle-même pour la première fois de sa vie, si loin des siens...

Jean-Pascal, la soixantaine un peu bourrue, l'accueille sans façon, lui tend une petite brochure sur l'organisation du chantier, et met son téléphone fixe à sa disposition.

Elle laisse un message sur le répondeur de sa mère : « Bien arrivée, pas de réseau ici. Tout va bien. » Elle fait de même pour son père.

Elle est à peine sortie lorsqu'une voix lui fait tourner la tête, au propre comme au figuré.

– Quentin !

Il est là, il est présent, et tout prend son sens, Quentin...

Elle se précipite vers lui. Il est en train de discuter, là, avec ses copains de chantier. Il répond par un simple signe de la main et lui tourne aussitôt le dos, lui offrant sa nuque brunie par le soleil.

Au déjeuner, elle tente de s'asseoir à ses côtés, mais elle n'est pas assez rapide et se retrouve en bout de table, face à deux garçons en pleine conversation. Ils la saluent dans un français hésitant. Elle ne comprend rien et leur sourit, pour gagner du temps. Elle entend qu'à l'autre bout Quentin rigole.

Elle se demande ce qu'elle fait là, entourée d'inconnus qui ne parlent même pas sa langue, à plus de mille kilomètres de chez elle, dans cette nature sauvage, si loin, si loin de tout.

À la fin du repas, elle est bien décidée à aborder Quentin, coûte que coûte, mais cette fois c'est lui qui vient à sa rencontre, la prend par les épaules et la présente au groupe : C'est Katja, la fille de l'employé de mon père.

Elle sourit, malgré la condescendance à peine voilée des propos. Et lorsqu'elle se rend compte qu'elle est la seule à avoir enfilé un bleu de travail – il fait si chaud que les filles et les garçons sont en short, bermuda ou vieux jean, et tee-shirt ample –, elle ravale sa honte et sa salive. Il est trop tard pour aller se changer.

Les heures qui suivent sont une lente descente cauchemardesque. La chaleur est accentuée par un vent soufflant en rafales, qui semble jaillir de partout à la fois, d'un côté, de l'autre, chaud comme la gueule d'un four. Un gars lui dit : C'est le fun ! Et elle le regarde, abasourdie. Non, elle ne trouve pas ça fun, du tout.

Elle secoue la tête. Une fille rit derrière elle : C'est pas le fun, c'est le *fœhn* ! Le nom du vent... ça se dit presque pareil, mais ça s'écrit autrement. On dit que c'est un vent qui rend fou.

Elle se dit : D'accord, je suis bien tombée, le bon jour du vent qui rend fou. Et je fais quoi, maintenant ?

Jean-Pascal s'approche d'elle, lui explique qu'ils sont en train de dégager les pierres d'une portion de muret écroulé. Qu'il faut juste les mettre en tas, plus loin. Les très grosses d'un côté, les moyennes et les petites de l'autre. Il y a des seaux et des brouettes. Ça semble à sa portée.

– Mais fais pas comme ça ! Tu vas te niquer le dos !

Quentin juste à côté. D'accord. Cette fois, elle écoute. La voix qui gronde mais qui explique. La voix pour laquelle elle est là, déboussolée, à soulever des pierres trop grosses pour elle. Il lui montre. Accroupi, un genou à terre, l'autre avec le pied devant et la jambe pliée en équerre, faire basculer la pierre sur la cuisse qui forme un angle droit. Se servir de ses jambes, surtout, pas des reins, pour soulever la masse.

– Essaie, c'est facile !

Facile quand on a des cuisses musclées et rompues à l'exercice. Katja essaie, mais la pierre sur sa cuisse pèse trop lourd, elle ne parvient pas à se relever. Elle entend les rires. Devrait rire aussi. Le premier jour, la plupart des garçons et des filles n'ont pas réussi. Maintenant, ils savent ce qu'ils peuvent porter ou non. Mais elle, elle ne le sait pas. Son corps la trahit, l'abandonne. Elle se redresse d'un coup de reins, sent la douleur et entend les cris de Quentin : Pas comme ça ! Pas comme ça !!

Elle jette la pierre dans le tas des moyennes. Peut-être, avec les plus petites, ça ira mieux. On lui tend des gants. Elle remplit un seau, comme elle le voit faire autour d'elle. Le seau plein, elle ne parvient pas non plus à le soulever. Des rires encore, et des cigales, et la chaleur, et le vent, et les larmes qui sèchent à mesure sous ses paupières.

Jean-Pascal voit qu'elle peine et lui dit : N'en fais pas trop. Tu viens d'arriver. Les premiers jours, on veut toujours en faire trop !

Elle tremble. Quentin lui apporte de quoi boire : Demain, tu prendras de l'eau avec toi.

Demain...

3

Le lendemain, ça ne s'arrange pas vraiment. À peine rentrée du chantier, Katja s'écrase de fatigue sur son lit et s'endort tout habillée. C'est une des filles du dortoir qui vient la réveiller pour dîner.

Cette fois, elle trouve une place près de Quentin et, le repas achevé, elle parvient à le soustraire du groupe pour se retrouver seule avec lui. Mais le bonheur des retrouvailles, entaché par l'épuisement de la journée, a déjà le goût des défaites.

Ensuite, tout lui échappe, et tout bascule. C'est peut-être elle qui s'est rapprochée trop près du garçon et l'a pris par le bras. C'est peut-être lui qui la repousse gentiment, puis plus fermement quand elle revient à la charge. Et de ce ballet de corps désaccordés ne naissent que des mots désaccordés eux aussi. Des : Qu'est-ce que tu croyais ? Que t'allais au Club avec piscine et cocktail ? T'as bien vu que c'était un chantier... fallait pas venir si t'avais pas envie de bosser ! Des : C'est pour toi, c'est pour toi seul que je suis venue jusqu'ici, parce qu'avec toi je pensais, je voulais... Des : Quoi ? Tu voulais quoi ? Avec moi ? Non mais tu rigoles ?

Et à l'exaspération s'ajoute pour Quentin la stupéfaction. Cette fille serait donc venue rien que pour lui ? Mais il s'en fout, lui ! C'est la fille d'un employé de son père, c'est tout ! Et pour qu'elle comprenne plus vite, parce que, là, ça commence à être trop pour lui, il lui balance des horreurs, sur son poids, son physique de « catcheuse sans muscle », il dit. Puis il lui parle des filles du chantier, bien plus jolies, bien plus efficaces, des filles avec de la force et du courage, des filles qui ont de la classe... Et chaque mot est un coup de poing, un uppercut que Katja prend au visage.

Sept... huit... neuf...

Ça fait longtemps qu'elle est K.-O., mais il continue, remonté, énervé, avant de la planter sans un regard devant le dortoir des filles, et de disparaître vers celui des garçons, un bâtiment plus loin.

Des rires et des chahuts parviennent aux oreilles de Katja, affalée sur son lit. Des bruits qui pourraient être doux, rassurants, mais qui soudain l'isolent.

Personne ne fait attention à elle, personne ne la voit se lever et sortir. Elle quitte la maison, grimpe aussi vite qu'elle le peut, emprunte le premier sentier qu'elle trouve et qui semble mener droit vers la forêt.

Elle n'a pas lu la brochure qu'on lui a remise disant qu'il est strictement interdit de partir seul en montagne, quelle que soit l'heure de la journée. Que les sentiers sont mal balisés et qu'il est facile de s'y perdre, qu'il y a de nombreux ravins, parfois peu visibles en raison de la végétation, et qu'il faut également se méfier des serpents, très nombreux. Il n'est pas compliqué de distinguer les couleuvres des vipères, mais le mieux est d'avoir toujours avec soi un bâton pour faire du bruit, et d'être accompagné.

Tout ça, Katja ne le sait pas. Et peut-être qu'elle l'aurait su que ça n'aurait rien changé.

Elle marche droit devant elle d'un pas décidé, ne sent plus la fatigue, ne sent plus rien d'autre que cette fuite en avant qui la stimule et la tétanise en même temps.

Ce qui se passe alors dans son cerveau échappe à toute logique. Une idée a jailli de nulle part et s'impose, terrassant toute possibilité de réflexion rationnelle : tout arrêter, en finir, mourir.

Et là, d'un coup, tout se ferme en elle, comme on claque précipitamment les volets d'une maison avant l'orage. La lumière s'éteint dans son cerveau. Dans sa poitrine tout se disloque. Son corps donne des ordres qu'elle ne comprend plus. Déserté par la vie, il se mue par réflexe comme s'il cherchait la meilleure façon de s'anéantir au-delà de la douleur.

Dans la montagne, le sentier tourne, bifurque vers un autre sentier que Katja suit, sans regarder où elle met les pieds. Des buissons s'agitent sous le vent qui faiblit, la lumière du soir décline avec la chaleur. Elle est partie en tee-shirt, en baskets, elle pourrait être pieds nus, la belle affaire ! Parfois, elle se tord les chevilles. La douleur semble monter jusqu'au cerveau mais, s'arrête à mi-parcours. Plus de douleur.

Brusquement, au détour d'un lacet, elle débouche sur une surface plane, dénuée de végétation. Comme sur un plateau, toute la montagne s'offre à elle. La beauté pourrait couper le souffle, mais de souffle, elle n'en a déjà plus. Au bout de cette terrasse naturelle, elle ne voit que le vide.

Alors elle rassemble ce qui lui reste d'énergie et se met à courir, droit devant elle, les yeux fermés, aussi vite qu'elle le peut.

Mais la perspective est trompeuse. Et là où elle pensait basculer dans le ravin, ses pieds ne trouvent qu'une pente très raide, caillouteuse. Emportée par son élan, elle tombe, roule, dévale cette pente qui semble ne jamais finir. Elle ne meurt pas et la douleur physique la bouscule, son cerveau se remet à fonctionner normalement, elle voudrait que ça s'arrête et ça n'en finit pas. Lorsque enfin un rocher barre la route à son corps, mettant fin à cette chute interminable.

Le ciel au couchant s'embrase dans un rouge sang, les ombres des rochers s'allongent... Alors elle hurle. Un long hurlement blessé. Jusqu'à ce qu'elle suffoque, puis se recroqueville pour reprendre contact avec son corps meurtri, savoir si elle s'est cassé un pied, une jambe, un poignet, une côte, si elle va pouvoir se relever, si elle va pouvoir...

Avant de partir, Katja n'a parlé à personne, et personne ne sait où elle est.

Elle se redresse. Par chance, rien de cassé. Un regard vers le bas... Le ravin est là, quelques mètres en dessous. Alors elle fait volte-face et découvre ce qu'elle va devoir gravir pour remonter sur le plateau.

Sans prévenir, avec la même violence que son hurlement d'animal pris au piège, la terreur la plus primitive la saisit. Les premiers mètres devant elle ne sont qu'enchevêtrement de roches et d'éboulis. La nuit tombe vite, le temps est compté. Et si elle n'y arrivait pas? Son corps tremble déjà d'épuisement. Si elle ne fait rien... il y a des serpents, le froid et puis la soif, et on ne la retrouvera jamais... Ses pieds nus dans ses baskets se tordent dans la caillasse. Elle fait un mètre et dévisse de moitié chaque fois. Lorsque, sans transition, la terreur laisse place à un sentiment que Katja n'avait jamais rencontré ni expérimenté, qui monte du plus profond d'elle et l'envahit de la tête aux pieds. Viscérale, invincible, essentielle : la rage.

La rage qui fait couler dans son corps tant d'adrénaline que la douleur s'estompe et disparaît. La rage de remonter cette putain de pente, la rage d'arriver jusque sur le plateau, la rage d'y parvenir avant la nuit.

La rage de vivre.

4

– Mais bordel, t'étais passée où ?

Quentin lui tombe dessus alors qu'elle descend le sentier qui mène au dortoir des filles. Elle ne l'a pas vu arriver et sursaute, rassemblant ce qui lui reste de courage pour lui rétorquer :

– Qu'est-ce que ça peut te foutre ? Je suis allée faire un tour.

– Un tour ? Toute seule ? En pleine nuit ? Dans la montagne, et en baskets ? T'avais envie de mourir ou quoi ?

Une sueur glacée coule le long du dos de Katja. Elle cache dans ses poches ses mains qui tremblent, et espère que Quentin ne remarquera pas la déchirure de son pantalon. Elle répète, en haussant les épaules :

– Qu'est-ce que ça peut te foutre...

– Je voulais te voir... je voulais m'excuser pour tout à l'heure. J'étais surpris, j'ai dit n'importe quoi, et je suis désolé. La vérité, c'est que j'ai une copine et que je suis pas libre, c'est tout. Et ça m'a foutu la trouille quand j'ai vu que t'étais pas au dortoir et que t'avais disparu sans prévenir...

Elle aimerait lui répondre : Dégage, fous le camp, disparais de ma vue, ta trouille, je m'en fous. J'ai déjà la mienne qui s'est incrustée là, profond, je ne sais même pas si elle partira un jour, je vais peut-être vivre avec ça toute ma vie, alors vraiment, tes regrets, tes remords, tes excuses, je m'en fous. Et s'il ne reste que le chagrin, c'est pas avec toi que je le partagerai.

Mais elle trouve juste la force de lui tourner le dos et de lui lancer un « Bonne nuit ! » qui sonne tellement faux qu'il les fait frissonner tous les deux.

Le sommeil est un puits dans lequel elle se jette avec l'espoir de s'y noyer. Mais elle se réveille à intervalles réguliers, avec toujours les mêmes questions : Pourquoi je suis venue ici ? Et qu'est-ce qui va se passer, maintenant ?

Elle émerge lorsqu'elle entend des voix qui s'interpellent, des bruits de pas, des rires déjà. Et son nom : Katja ! Katja ! C'est l'heure du petit déj !

Elle enfouit sa tête sous les draps. Sa jambe lui fait mal. Elle s'est écorché tout le mollet. Il faudrait trouver une excuse. Elle crie : Je vous rejoins, ne m'attendez pas !

Il y a un trou dans sa tête, comme si on lui avait ôté la moitié du cerveau.

Quentin... le trou dans sa tête s'appelle Quentin.

Combien de fois a-t-elle prononcé son nom ? Combien de jours comptés un à un jusqu'à le retrouver, combien d'heures passées à imaginer leur vie ensemble... Et d'un seul coup, plus rien ? Il n'est plus là, ni dans ses rêves ni dans ses cauchemars. Effacé, disparu. D'un coup, comme un ballon crevé.

Alors elle veut se persuader que tout va bien. Elle se lève, va se doucher, vérifie que ses égratignures ne se sont pas infectées, choisit un autre jean, s'aperçoit qu'elle a pris un coup de soleil, la veille, parce que sa nuque est brûlante.

Une nouvelle journée commence et elle se dit : Les cigales vont chanter moins fort, le soleil taper moins dur, le vent va tomber, le ciel sera moins tendu au-dessus de ma tête.

Elle sourit presque en entrant en retard dans la salle à manger, et son sourire se fige quand elle voit, dans le fond de la salle, Quentin.

Une bouffée de honte l'envahit. Cette fois elle n'a pas le temps de faire demi-tour, pas le temps de réfléchir, que Jean-Pascal, le chef du chantier, l'apostrophe déjà :

–Tu as deux minutes?

Elle craint, un instant, que Quentin n'ait dénoncé son escapade de la veille, mais Jean-Pascal veut juste lui expliquer qu'Amiel, souffrant, ne les rejoindra qu'après le déjeuner, et qu'elle va changer d'équipe: elle sera désormais en binôme avec Hazel, une Franco-Irlandaise d'une vingtaine d'années, très sympa, et habituée du chantier.

Qui a parlé? Qui a demandé ce changement?

Elle dit oui, elle dit merci.

Le cauchemar se réveille doucement sous sa peau égratignée.

Katja se retrouve assise dans la camionnette de chantier entre Hazel et Marco, un Tessinois de l'âge de son père. Le regard rivé sur la route, elle se demande encore: Est-ce que le pire est arrivé hier soir? Est-ce que le pire est à venir? Et ce chagrin qui ne jaillit pas, qui ne remonte pas, qui semble tétanisé au fond d'elle, est-ce qu'il va rester là comme une bombe à retardement?

Le chantier est plus loin que l'autre et, cette fois, il ne s'agit plus de démonter, mais de remonter un muret en pierre sèche, le long d'un talus.

Pas de pierres à charrier, mais un jeu de puzzle en trois dimensions qui demande plus de réflexion que de muscles.

Le murailler montre à Katja comment mesurer les espaces à remplir avec son bras, mémoriser par le toucher sensible la forme d'une pierre pour trouver celle qui s'ajustera à côté, faire appel à sa mémoire spatiale et visuelle... Tout cela demande une concentration sans faille. Katja admire les gestes précis de l'artisan, et ce sourire qu'il a dans son travail.

La matinée passe ainsi, comme une trêve dans le chaos. Tout juste si elle entend les cigales, tout juste si elle sent la brûlure du soleil. Elle sursaute lorsque Jean-Pascal crie : C'est la pause !

Ils se regroupent à l'ombre d'un chêne vert. Une Thermos circule avec des gâteaux. Elle avale une gorgée de café, lorsqu'elle voit Hazel se lever, s'éloigner, sortir un mouchoir de sa poche...

Est-ce que les tristesses se connectent les unes aux autres comme des maillons d'une chaîne ? Katja se lève, instinctivement, et part la rejoindre.

– Ça ne va pas ?

Hazel secoue la tête. Si, tout va bien, c'est une poussière dans l'œil et...

Katja s'excuse aussitôt de son indiscrétion et s'apprête à faire demi-tour. Hazel l'arrête d'un geste.

– On se connaît pas bien, mais on dirait que tu captes tout, toi ! T'as raison, c'est pas une poussière. Un coup de blues, plutôt. Tu sais, quand on est en mouvement, on laisse ses problèmes de côté. Quand on s'arrête, ils te retombent dessus. Mais c'est rien. Je... je peux te parler?

Katja acquiesce.

Hazel secoue ses longs cheveux bruns dans lesquels la lumière se reflète.

– Je viens ici chaque été depuis trois ans. Je termine mes études d'architecture et, depuis l'année dernière, je retrouve un amoureux, sur ce chantier. Enfin... je retrouvais. La semaine dernière, il m'a dit qu'il avait rencontré quelqu'un, dans son pays. On savait que ça pouvait arriver, bien sûr, mais...

– C'était sérieux, entre vous?

Hazel réfléchit un moment. Pas du sérieux qui s'inscrit dans la durée, non, ils ne se berçaient pas d'illusions. Mais c'était joli, oui. Et drôle, aussi, pour l'imagination déployée à trouver, dans cette collectivité, du temps à soi et une certaine intimité.

Katja cherche les mots qui consolent, n'y parvient pas et se mord les lèvres, tandis que Hazel part dans un grand éclat de rire.

– Oh, fais pas cette tête. T'inquiète pas, ça va passer! Tiens... Regarde qui voilà!

Une voiture vient de se garer près du chantier. Amiel en descend en boitant. Katja s'avance pour le saluer, mais il détourne les yeux, avant de murmurer : Je t'ai vue hier soir dans la montagne, près du ravin de Benassin.

Et avant même qu'elle puisse répondre, il lui tourne carrément le dos et part discuter avec Hazel, qui l'attend à l'écart.

5

Très vite, Katja se bricole un masque, une façade, un leurre auquel elle se laisse prendre. Le travail devient moins pénible à mesure qu'elle apprend à connaître ses limites. Hazel n'est jamais très loin, et si elle a remarqué que quelque chose ne tournait pas rond chez Katja, elle ne lui en a jamais parlé. Elle se montre juste prévenante, partage tout son savoir-faire, et sa crème solaire, ponctué de grands éclats de rire.

À la partie technique du placement des pierres, a succédé le travail de remplissage de l'espace laissé entre le talus et le mur.

Il faut cette fois travailler en équipe pour se passer les seaux remplis de petites pierres. Pour Katja, Hazel ne les remplit qu'à moitié.

Souvent, ils sont trop loin pour rentrer déjeuner chez Jean-Pascal et se contentent d'un casse-croûte. Ce sont des moments calmes et Katja apprécie de rester là, loin des yeux de Quentin qui demeurent en elle comme ceux d'un fantôme.

Il faut encore attendre quatre ou cinq jours de plus pour que la souffrance émerge franchement, prenant sa place entre la honte qui lui fait baisser la tête devant le miroir de la salle de bains commune, l'angoisse de cette fuite en avant qui aurait pu lui être fatale, et le chagrin d'avoir tout perdu.

Elle comprend désormais que ce prénom, qu'elle ne prononce plus et qui lui brûle le cœur, n'était dans sa vie qu'un fantasme, une chimère bricolée pour masquer l'ennui et le manque d'assurance, pour oublier ces études au lycée dans lesquelles elle s'est glissée comme dans un vêtement mal ajusté, en visant la moyenne pour se maintenir à flot. C'était la belle illusion, le fils du patron... Un gars sur lequel on se retourne mais qui ne s'était jamais retourné sur elle, et dont elle ne savait rien. Un rêve alimenté aussi par ses parents qui n'avaient plus, entre eux, assez de rêves pour deux.

Elle baisse les bras, ne lutte plus contre le désespoir qui l'envahit, la poussant à se réfugier à l'abri des regards. Ne rien montrer, ne rien dire, continuer à avancer. Faire face à la honte. La honte vis-à-vis d'elle-même, de sa famille et des autres. Elle se pensait moche et inintéressante, et maintenant elle se voit laide et conne. C'est pire, la lucidité.

Elle ne compte pas les jours qui passent. Vit le moment présent sans le vivre, dans une espèce d'apnée émotionnelle. Elle pense que tout ça n'aura qu'un temps. Ni bon ni mauvais. Le travail éreintant ne lui déplaît pas. Elle découvre, à travers ses courbatures, des muscles insoupçonnés.

Et tout pourrait s'alléger s'il n'y avait pas ces bouffées d'angoisse qui s'invitent dans le paysage, toujours lorsqu'elle s'y attend le moins. Elle se retrouve brutalement tétanisée, une pierre à la main, à regarder le mur devant elle comme s'il avait disparu : nœud dans la gorge, sueurs froides, cœur qui s'emballe, l'impression qu'elle va mourir de manière imminente. Katja étouffe, s'affole, tente, en vain, de brider ces pensées obsédantes : et s'il y avait eu du vide sous mes pieds, et si j'étais tombée dans le ravin... Mais qu'est-ce qui m'a pris ? J'ai jamais eu envie de mourir de ma vie, moi... Et si j'étais plus là...

Puis l'angoisse se retire, comme elle était venue. L'étau se desserre, Katja entend de nouveau les cigales, sent la chaleur du soleil, voit le mur. Son cœur bat trop fort, ses mains tremblent un peu, mais elle est toujours là.

Et lorsque le désespoir reflue, que les angoisses se tiennent tranquilles, elle jouit du plaisir fugace d'une pierre bien ajustée, comme si c'était sa propre vie qu'elle érigeait en remparts.

Dans ce paysage rude, saturé de couleurs et d'odeurs, de bruit, de vent, elle sait qu'elle aurait pu s'inventer un nouvel espace de liberté. Mais elle n'en a pas la force. Elle reste souvent en marge du groupe, silencieuse. Elle n'a pas envie de parler. Son téléphone est éteint. Pas de réseau. Elle s'en fiche. Pour qu'il serve à quelque chose, un téléphone doit relier deux interlocuteurs. Mais qui appeler ? À qui parler ? En dehors de sa famille, aucun nom ne lui vient à l'esprit.

Parfois, elle voudrait juste se rouler en boule et dormir, dormir, dormir. Ne jamais être partie.

6

Le premier rire qui revient est douloureux. Il remonte le long de son corps comme une décharge électrique, libérant au passage des pulsations cachées, de douleur, d'inconfort, de silence. Mais il est collectif et l'emporte malgré elle. James, le compagnon d'Amiel, est arrivé dans l'après-midi. C'est une espèce de géant roux débonnaire, à la voix puissante et au fort accent écossais. Il a aidé aux cuisines et entre dans la salle à manger en criant qu'il a fait un dessert *so french*. De la crème renversée au caramel ! Le moment est solennel, tout le monde à l'arrêt. La crème est encore dans le moule. On lui tend un plat. Il la retourne et la crème, mal cuite, s'étale aussitôt, déborde et se répand en coulant sur la table. Son « oooh » désolé est recouvert par les rires, puis très vite un fou rire qui se répand lui aussi comme une traînée de poudre, entraînant Katja malgré elle. Elle grimace sous la douleur, avant de respirer, hoqueter, emportée par ce rire qui maintenant la libère, ouvre son diaphragme, apporte de l'oxygène dans son cerveau malmené. Elle en pleure, on lui tend un mouchoir, James part dans une histoire drôle, moitié en écossais moitié en français, à laquelle elle ne comprend rien, mais ça la fait rire encore. Et c'est bon, elle voudrait ça, maintenant, tout le temps, ce rire qui la secoue comme un prunier, la rendant à la vie aussi brutalement que sa course vers le vide l'en avait privée.

Anna, la Slovène, est allée chercher sa guitare et chante une chanson traditionnelle que Katja et Quentin connaissent tous les deux. Un instant, elle craint la pensée, la pensée vers lui, mais la pensée s'efface, elle a trop ri, il n'y a plus de place pour la pensée, juste pour le plaisir soudain, abrupt, d'être là, au milieu des autres. Puis c'est au tour de Hazel de sortir son violon, offrant ses ballades irlandaises pour danser ou pleurer.

Katja balaie la salle du regard. Elle cherche, parmi les garçons, qui pourrait avoir été l'amoureux de Hazel, mais tous les visages sont souriants, joyeux, détendus. Ce soir, on dirait que les peines et les chagrins ont été bannis du monde.

7

Katja s'absorbe dans son travail avec l'impression fluctuante que le temps passe à toute allure, ou pas du tout, selon les moments de la journée, son état d'esprit, son humeur. Amiel semble l'éviter depuis plusieurs jours. Elle n'en comprend pas la raison, mais ne fait rien pour dissiper le malaise. Un dimanche, elle téléphone enfin à sa mère, qui n'a pour elle qu'une seule phrase : Et alors, avec Quentin ?

Katja s'attendait à la question, et avait même préparé soigneusement sa réponse, mais elle ne pensait pas qu'elle arriverait si vite. Elle bloque sa respiration et dit d'une traite : Quentin ? On se voit peu, on n'est pas dans la même équipe.

Détail réglé, passons à autre chose.

Sa mère, bien qu'étonnée, n'insiste pas. Pour Katja, c'est un grand pas en avant.

Le chantier est stoppé en raison d'un orage. Katja finit de ranger les outils avant de trouver précipitamment refuge dans la voiture d'Amiel, qui l'a attendue, tandis que le reste du groupe est déjà reparti en camionnette. Le ciel noir est zébré d'éclairs, et le tonnerre se répercute en écho dans la montagne.

Les mains posées sur le volant, sans un regard pour elle, Amiel se racle la gorge et se décide à rompre le silence.

– Écoute, Katja, je voudrais savoir ce que tu faisais toute seule l'autre soir, dans la montagne. C'est important pour moi... T'es pas obligée de parler, bien sûr ! Mais le silence aussi, parfois, ça tue...

Les mots la prennent au dépourvu. Elle frissonne. Un déluge d'eau claque sur l'habitacle. Le spectacle est grandiose, mais il la terrifie.

Tout autant que la dernière phrase d'Amiel.

Alors elle rassemble son courage et dit ce qui s'est passé, sans reprendre son souffle, d'une traite. Elle raconte cette envie de mourir si brutale, déconnectée de toute réalité, et puis la chute, et puis la suite... Et les mots sont précis, tranchants.

– Je ne me souviens plus comment j'ai réussi à remonter... À mi-pente, je me suis aidée des arbustes et ça a été plus vite. La rage me brûlait le cerveau. Je ne pensais plus à rien que grimper, m'en sortir... C'était... J'avais jamais voulu tout ça... Une fois sur le plateau, la peur est revenue. Je ne savais plus quel chemin prendre pour rentrer. J'avais perdu la notion du temps. Je ne me souviens plus... j'ai couru peut-être... La nuit est tombée complètement, il n'y avait pas de lune. Mais quand j'ai vu la lumière des maisons au loin, j'ai senti la nuit m'envelopper et j'ai compris que j'étais sauvée. Alors, à ce moment-là seulement, j'ai levé la tête. J'ai vu le ciel et toutes ces étoiles. Je crois... jamais je n'avais regardé le ciel de cette manière-là... C'était tellement beau ! J'ai pensé que rien ne serait plus pareil pour moi...

La voix de Katja soudain s'enraie et l'angoisse de nouveau la submerge.

– Mais qu'est-ce qui m'a pris, Amiel ? Pourquoi j'ai fait ça ?

Amiel ne lui répond pas. Il met la clef de contact et la voiture démarre tandis que la pluie redouble. Il fait sombre, mais elle voit sur son visage qu'il semble bouleversé.

8

Ce soir, une effervescence nouvelle vient bousculer sa vie. On fête l'anniversaire de Hazel, et chacun s'affaire dans son coin. Pour la plupart, ce sera un mot griffonné sur un bout de papier, une photo, un dessin. D'autres, plus prévoyants, ont emporté dans leurs affaires quelques douceurs venues de leur pays, au cas où. James et Amiel sont arrivés les mains vides. Ils disent, de concert, que leur cadeau viendra plus tard, et Hazel rigole. Stéfan est le seul à lui offrir un présent bien enveloppé dans du papier cadeau. Les yeux de Hazel s'embuent en découvrant le dernier album de Moriarty. Katja comprend alors qui est Stéfan, et cette amitié qui perdure au-delà du lien amoureux cassé déclenche en elle une pointe de jalousie. Sa vie amoureuse, en effet, est proche du zéro pointé. Si l'on oublie son amour de maternelle, un dénommé Armand qu'elle avait demandé en mariage du haut de ses cinq ans, et qui lui avait répondu oui, très sérieusement. L'entrée à la grande école avait mis fin à leur idylle, et ils ne s'étaient jamais revus. Puis, en vieillissant, Katja avait peuplé ses rêves et ses nuits d'images éthérées de garçons croisés, un trop vieux pour elle et peut-être même pas libre, un autre de son âge qui ne paraissait intéressé ni par elle ni par le sexe en général, avant qu'elle ne jette son dévolu sur Quentin... Elle l'observe d'ailleurs discrètement, Quentin, au bout de la table, et ne le trouve plus si beau que ça, plus si intéressant non plus. Qu'est-ce qu'elle lui trouvait, alors ?

La douleur, jamais très loin, semble toujours prête à mordre, lorsque James se lève de table et réclame le silence. Il a préparé pour Hazel, dit-il, une « crème renversante ». Ses mots déclenchent l'hilarité. Il a posé sur la table un moule retourné. Les rires s'arrêtent, chacun retient son souffle. D'un geste théâtral il le soulève et... apparaît un magnifique gâteau au chocolat en forme de violon. Concert nourri d'applaudissements.

– Œuvre collective des garçons du chantier, explique-t-il, en insistant bien sur le « garçons ». Hazel éclate de rire : Tu veux dire par là que, d'habitude, la pâtisserie est une tâche réservée aux filles, c'est ça ?

Tout le monde se met alors à parler en même temps, de sexisme, de genre et de machisme. On s'écoute, on se contredit, les esprits s'échauffent, on échafaude des théories aussi sérieusement qu'un mur en pierre sèche, on bute sur ses connaissances imparfaites de la langue française, on compare des vécus qui ne peuvent être comparés, on s'envoie quelques piques, on rit beaucoup. Katja est emportée par ce tourbillon d'idées, jusqu'à ce que le niveau sonore dépasse le seuil autorisé par ses oreilles et la pousse à sortir s'aérer quelques minutes devant la maison. Elle tombe sur Amiel, seul, assis sur un banc appuyé au mur, contemplant la nuit qui tombe sur la montagne, en silence. Elle s'apprête à rentrer pour ne pas le déranger, lorsqu'il l'aperçoit et lui dit :

– Tu veux pas qu'on aille faire un tour ?

Elle le dévisage, étonnée par cette proposition.

– Je ne suis pas bien chaussée, et...

– J'ai quelque chose à te montrer.

Katja, intriguée, le suit.

Lorsqu'elle reconnaît le sentier qu'elle avait pris seule, ce soir-là où elle voulait en finir, elle se met à trembler. Soudain sur la défensive, elle demande à Amiel où ils vont.

Il ne lui répond pas. Il marche vite, elle lui emboîte le pas. Ils atteignent une clairière et une plateforme en bois sur pilotis, qui abrite une tourelle métallique : le poste d'observation des oiseaux.

Katja pâlit, s'arrête net et bafouille, soudain paniquée : J'ai le vertige, Amiel. Je...

– Je sais... On va rester sur la plateforme. On n'a pas besoin de monter, ça n'a pas d'importance. Tu le vois sur ta droite, si tu avances un peu ? C'est le plateau de Benassin. Le ravin du même nom se trouve à côté, à une trentaine de mètres. Tu te serais approchée, tu aurais compris qu'il n'y avait qu'une pente très raide à cet endroit-là.

Amiel a dit tout ça d'un ton un peu sec et Katja s'énerve :

– On est venus jusqu'ici pour que tu me fasses la morale ? Tu veux gâcher ma journée, alors qu'elle était...

Amiel s'accoude à la balustrade, suit des yeux le vol d'un oiseau dans le ciel et dit, d'une voix très douce :

– Oui, tu as raison, c'était une belle journée.

Katja vacille, et répète, plus doucement elle aussi :

– Alors pourquoi tu m'as emmenée ici, Amiel ?

Il hésite, puis finit par répondre :

– On ne peut pas comparer les histoires... et je ne voulais même pas t'en parler... Mais je n'arrête pas d'y penser. T'es vivante, Katja. Heureusement, t'es vivante ! C'est ça qui compte, de rester vivant.

Katja fronce les sourcils, étonnée par ce ton et ces mots qu'elle ne comprend pas. Elle s'accoude à ses côtés, le regard tourné vers le paysage baigné par les dernières lueurs du soleil. Les ombres s'allongent, la quiétude du soir les enveloppe.

Elle est prête à l'écouter.

– Voilà... Il y a dix ans... commence Amiel en prenant sa respiration, il y a dix ans, un garçon a mis fin à ses jours en se jetant dans le vide, là-bas, dans le ravin de Benassin. Il avait laissé une lettre pour expliquer les raisons de son geste. Pour qu'on retrouve son corps, aussi. Sûrement. Parce que sans cette lettre, on n'aurait jamais su où il était, et ça aurait rendu le deuil impossible pour sa famille, sa sœur, ses amis. Il avait quinze ans... Il s'appelait Mathias.

Le cri d'un oiseau semble accompagner ces mots et Katja, les mains sur sa gorge comme pour s'empêcher de crier, tremble de plus belle.

– Mathias, reprend Amiel d'une voix presque atone, vivait dans le même village que moi. C'était un adolescent sérieux, un peu timide, un peu effacé. Au lycée, il est tombé sur une bande de connards qui ont commencé à le bousculer, à se foutre de sa gueule, à le traiter de pédé. Par pure connerie, mais assez fort pour que ça vienne aux oreilles de ses parents, qui n'étaient pas très ouverts sur la question. Dans un village, tout se sait. Sa petite amie l'a mal pris, et l'a quitté.

Ses parents y ont vu un signe non équivoque et ont sommé Mathias de s'expliquer sur ses relations supposées avec des garçons. Relations qu'ils désapprouvaient, évidemment.

Katja avale sa salive et murmure :

– Elle disait quoi, sa lettre ?

Amiel tarde à répondre. Ses mains musclées se crispent sur la rambarde. Katja doit s'approcher pour l'entendre, tant il parle bas.

– Sa lettre disait ça, très exactement : « Je veux en finir avec ces rumeurs. Je n'ai rien à voir avec ce dont on m'accuse. Vous me retrouverez à Benassin. Je n'ai rien à voir avec Amiel. » Et ce dernier *rien* était souligné deux fois, au crayon à papier, d'un trait épais et rageur.

Katja se tourne vers le murailler.

– C'était ton amoureux ?

Amiel secoue la tête négativement.

– Non, pas du tout. On était dans le même lycée, on se connaissait depuis l'enfance, mais j'avais deux ans de plus que lui et c'était un copain, juste un copain. Moi, je n'avais pas de souci avec ça... on me foutait la paix. Je ne faisais pas mystère de mon orientation sexuelle, et mes parents me laissaient tranquille. On me respectait aussi parce que je pouvais me battre, et que je n'hésitais pas à le faire. On me craignait, et je les craignais pas, ces connards, ils étaient plus bêtes que méchants.

– Mais pourquoi ton nom dans sa lettre, alors ?

Amiel soupire, avant de reprendre :

– Mathias avait eu plusieurs fois une attitude... ambiguë, avec moi. Je ne savais pas trop... J'ai décidé de lui en parler sans détour et là, il m'a balancé des propos très homophobes, insultants. Je me suis énervé, je lui ai rétorqué que ça tombait bien qu'il me dise tout ça, parce qu'il n'était pas du tout mon genre et qu'il ne me plaisait absolument pas, parce que moi, j'aimais les grands mecs virils et poilus, et pas les petits gringalets comme lui. J'étais en colère, et c'était vrai qu'il ne me plaisait pas du tout. C'était juste un copain. Je ne savais pas... Je l'ai blessé. Je voulais mettre les choses au clair, mais j'ai compris trop tard que c'était lui qui n'était peut-être pas au clair avec lui-même, vis-à-vis de moi.

– Qu'est-ce qui s'est passé après, pour toi ?

– Ses parents et sa sœur ont insisté pour qu'il y ait une enquête. J'ai été interrogé par la police. J'avais dix-sept ans. C'était... très dur. Je sentais l'hostilité... Dès que j'ai pu, je suis parti à l'étranger, dans les Hébrides, en Écosse. C'est là que j'ai fait ma formation de murailler. J'y suis resté quatre ans.

– Et tu as rencontré James...

– Mais non ! Bizarrement, je l'ai rencontré après mon retour en France, lorsque j'ai commencé à travailler ici. Je ne suis pas retourné vivre dans mon village. Ce n'est pas très loin, mais je n'y vais jamais. C'est ma famille qui me rend visite. Voilà... je... je voulais te dire tout ça, parce que... Viens... il va faire nuit. On va rentrer. Tu sais, Katja... Il y a parfois des choses qu'on n'explique pas, des failles dans le cerveau, une sorte d'ébullition soudaine, mortifère, qui cache tout le reste et nous fait dérailler... Alors... Je ne sais pas quelle main t'a poussée dans le vide, ce soir-là, quel désespoir, quelle violence, quelle douleur... Mais ça n'a pas d'importance, parce que mourir, c'est pas la bonne solution. La seule bonne solution, c'est de vivre, et de continuer à avancer, coûte que coûte. Et puis... t'es quelqu'un de bien, Katja. Quelqu'un de vraiment bien. Alors ne laisse personne abîmer ta vie, et surtout pas toi-même. Et pendant que j'y suis... je voulais te dire une dernière chose... Je regardais les oiseaux aux jumelles quand je t'ai vue sur le plateau, et j'ai eu l'impression de voir le fantôme de Mathias courir vers le vide. Ça m'a retourné. Je me suis dit : pas deux fois, pas deux fois sans pouvoir agir ! Je suis descendu de la tourelle si vite que je me suis cassé la figure dans les dernières marches, et tordu méchamment la cheville. Impossible de poser le pied par terre. J'ai hurlé, Katja... Comme toi, d'impuissance et de rage, et j'ai maudit la terre entière. Il m'a fallu du temps pour me remettre debout et rentrer... Alors... quand je t'ai aperçue près des dortoirs en train de discuter avec Quentin, j'ai cru que j'avais tout rêvé, et qu'il ne s'était rien passé... Mais je voulais en avoir le cœur net. Quand tu m'as expliqué, je t'en ai voulu, comme j'en ai voulu à Mathias, comme je m'en suis voulu de lui avoir parlé de cette manière avant sa mort, en pensant que j'allais arranger les choses. La culpabilité qu'on a d'être vivant, parfois...

– Tu continues à t'en vouloir encore aujourd'hui ? Mais tu n'y es pour rien ! Et puis on ne peut pas obliger quelqu'un à vous aimer... On ne peut pas... C'est comme ça, c'est la vie.

La voix de Katja s'enraie. Elle éclate en sanglots, et ces sanglots emportent avec eux tout ce que, elle, elle n'a pas dit à Amiel : les mots blessants de Quentin, leur violence, et surtout cette idée effrayante qu'on peut avoir envie de mourir juste parce qu'on a trop rêvé.

9

Katja est si concentrée qu'elle n'entend ni les cigales ni Jean-Pascal et Amiel s'approcher d'elle. Elle ne détecte leur présence que lorsqu'ils sont déjà à ses côtés, mais elle ne s'arrête pas pour autant. Elle vient enfin de trouver la pierre qu'elle cherchait depuis un bon moment. Elle la place avec soin, vérifie sa stabilité et sourit. Les deux hommes hochent la tête en même temps. Leurs mines sincèrement admiratives sont le plus beau des compliments. Katja époussette ses vêtements, un peu gênée.

Amiel sourit.

– Katja... Le chantier se termine demain et, c'est devenu une habitude, James et moi on invite toujours Hazel à dîner chez nous, le dernier soir. Cette année, on aimerait bien que tu sois de la partie. Jean-Pascal a donné son accord. Bien sûr, si tu préfères rester avec le groupe, sens-toi libre ! Mais si tu viens chez nous, prends des vêtements chauds.

Lorsque Katja entre dans le dortoir, Hazel est en train de boucler son sac et elle sursaute.

– Tu m'as fait peur ! Je préparais des affaires pour Amiel.

– T'aurais peut-être préféré rester seule avec eux, ce soir... et ça me dérange pas si...

Hazel secoue ses longs cheveux bruns.

– Tu plaisantes ? C'est moi qui le leur ai proposé, et on était tous d'accord ! Je t'apprécie beaucoup, Katja. Quand t'es arrivée, t'avais l'air tellement paumée... Comme si le ciel t'était tombé sur la tête. Mais je t'ai vue faire front, cacher tes tristesses, remonter la pente toute seule... Et ça m'a vraiment touchée, ta présence, quand j'ai eu mon coup de blues. Moi, je ne sais pas consoler les gens, juste les faire rire...

– Mais ça console aussi, le rire !

Hazel sourit et lui dit :

– T'es prête ? On y va ? Amiel doit nous attendre dans sa voiture.

C'est une soirée paisible et Katja s'étonne d'être là, à deviser tranquillement avec ceux qui étaient des inconnus pour elle quelques semaines plus tôt, et qui sont devenus ses premiers vrais amis. Les cigales se sont tues à mesure que la nuit tombait. Katja voudrait que le temps s'arrête sur ce moment précis d'une douceur exquise, lorsque James se lève d'un bond et dit d'un ton sec: Bon, c'est pas le tout, mais on n'a pas que ça à faire. On y va, les filles!

Katja manque de faire tomber le gâteau qu'elle tenait dans ses mains. Hazel se fige. Il fait trop sombre pour lire quoi que ce soit dans ses yeux.

Ils montent tous les quatre en voiture, dans un silence plombé. Katja se mord les lèvres pour contenir une envie de pleurer. Pourquoi le bonheur est-il toujours aussi bref? De quelle illusion s'était-elle encore bercée pour au final se faire jeter de cette manière?

Il lui faut un certain temps avant de comprendre que la voiture ne prend pas le chemin du retour et semble au contraire s'enfoncer dans la montagne. Les phares accrochent les ombres des arbres tout autour et les allongent dans un spectre blanc. Personne ne parle. Elle voudrait demander où ils vont, n'ose pas. Le temps se dilue, l'impression de réalité s'estompe, comme si ce voyage allait durer toujours.

– À gauche, c'est à gauche!

La voix d'Amiel fait sursauter tout le monde. James donne un coup de volant pour rattraper l'embranchement qu'il a failli louper, et stoppe la voiture quelques centaines de mètres plus loin.

– On est arrivés ! Mesdemoiselles, si vous voulez bien vous donner la peine de descendre... Je vais prendre les affaires dans le coffre.

Amiel sort de son sac des lampes frontales et fait la distribution. Katja, abasourdie, suit la manœuvre. Une marche de nuit ! C'est le cadeau, la surprise ! Elle s'apprête à parler, lorsque Hazel met un doigt sur ses lèvres.

– Chut... écoute !

Écouter la nuit, les bruissements de la forêt, toute une vie inconnue dérangée par leurs pas. Un oiseau qui se réveille et donne l'alerte, quelques battements d'ailes, une branche qui craque, une herbe qui s'incline, un insecte qui remue ses élytres... Jusqu'où l'oreille humaine peut-elle aller dans le mystère sonore d'une forêt de montagne, une nuit de plein été ? Katja entend aussi son cœur battre dans sa poitrine, comme un tambour régulier.

James regarde sa montre et cache mal son excitation.

– Si je ne me suis pas trompé, elle devrait être au rendez-vous dans quelques minutes... Il faudrait marcher un peu plus vite.

Ils débouchent sur un espace dégagé. Leurs frontales ne permettent pas de voir très loin devant eux, mais Katja découvre deux grandes vasques de pierre remplies d'eau et en reste bouche bée.

– On va... on va quand même pas... on...

Hazel rit, pose sa lampe par terre, et se déshabille dans l'obscurité. Katja panique :

– Hazel, j'ai pas de maillot de bain, je savais pas, je...

– T'as pas besoin de maillot de bain, on est dans le noir !!

– Mais... je...

– Viens !!

C'est dans une espèce d'état second que Katja enlève ses vêtements, les posant à tâtons sur le sol, près de ceux de Hazel. Quelques mètres, les pieds sur le gravier, les mains qui cherchent le rebord. Soudain, elle a envie de rire. Ça, c'est bien quelque chose qu'elle ne racontera pas à ses parents !

– C'est profond ?

– Non, juste de quoi barboter. Mieux qu'un Jacuzzi naturel, l'eau est très bonne, tu vas voir !

Des bruits de corps et d'eau indiquent à Katja et Hazel que James et Amiel sont déjà entrés dans la première des deux vasques.

L'eau est tiède, presque chaude. La pierre restitue la chaleur emmagasinée dans la journée. Katja se laisse glisser en silence. Hazel dit quelques mots en anglais, d'une voix extasiée. Pendant un bon moment, on n'entend plus rien que des petits clapotements, des gloussements de plaisir, des rires contenus, des soupirs de bonheur. L'obscurité est complète, seule une lampe frontale est restée allumée pour marquer l'endroit où ils ont déposé leurs affaires. Et au-dessus de leur tête se déploie une gigantesque voûte étoilée, dans cet air d'altitude préservé de toute pollution. La Voie lactée, les constellations... Jamais le ciel n'a été si grand pour Katja. Lorsque la voix de James les fait à nouveau sursauter :

– Regardez !!

On ne la devine qu'à peine derrière les arbres, cette lueur rousse qui semble jouer à cache-cache avec eux, puis elle blanchit et émerge au-dessus des cimes. Une lune gibbeuse les éclaire soudain, si brillamment que les étoiles en pâlissent.

– Madame la lune nous fait l'honneur de sa visite ! Pile à l'heure que j'avais calculée !

Emportés, emballés, ils restent là à barboter dans les vasques, les yeux tournés vers le ciel, jusqu'à ce que les premiers frissons apparaissent. Le froid qui tombe a raison de leur ténacité. Ils se ruent sur les serviettes qu'ils ont apportées. Hazel avait prévu pour Katja et s'amuse de sa surprise.

Sur le chemin du retour, James a repris le volant. À ses côtés, Hazel semble somnoler, la tête appuyée sur la vitre.

Amiel est monté à l'arrière avec Katja et lui explique à mi-voix que ces vasques sont d'anciens abreuvoirs pour les bêtes en transhumance, construits avec un ingénieux système d'eau captée sur une rivière toute proche. Ils les ont restaurées avec James et quelques autres muraillers, mais veulent préserver la magie des lieux, et personne, au chantier, ne doit être au courant. Évidemment, ils font confiance aux deux filles pour garder le silence...

Katja pose alors à Amiel la question qui lui brûle les lèvres : Hazel est leur amie depuis longtemps, mais pourquoi lui avoir fait ce cadeau à elle, Katja, qu'ils connaissent à peine ?

Tandis que la voiture est secouée par les cahots de la route, Amiel se penche vers elle et murmure :

– Parce que je veux que tu gardes en mémoire ce paysage-là, plutôt que tous les autres... Et que tu reviennes bientôt.

Sa voix est aussitôt couverte par celle de James, qui s'est mis à chanter.

Saint-Malo, hiver/printemps 2020.

RETROUVE ÉGALEMENT DANS LA COLLECTION

COURTTOUJOURS

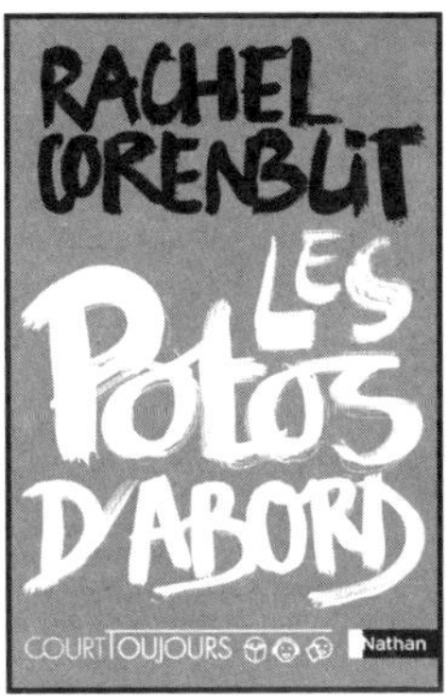

MIXTE
Papier issu de sources responsables
FSC® C022030

N° d'éditeur : 10265603 - N°d'impression : 011081
Achevé d'imprimer en décembre 2020
sur les presses de la Nouvelle Imprimerie Laballery
58500 Clamecy

Imprimé en France

La Nouvelle Imprimerie Laballery est titulaire de la marque Imprim'Vert®